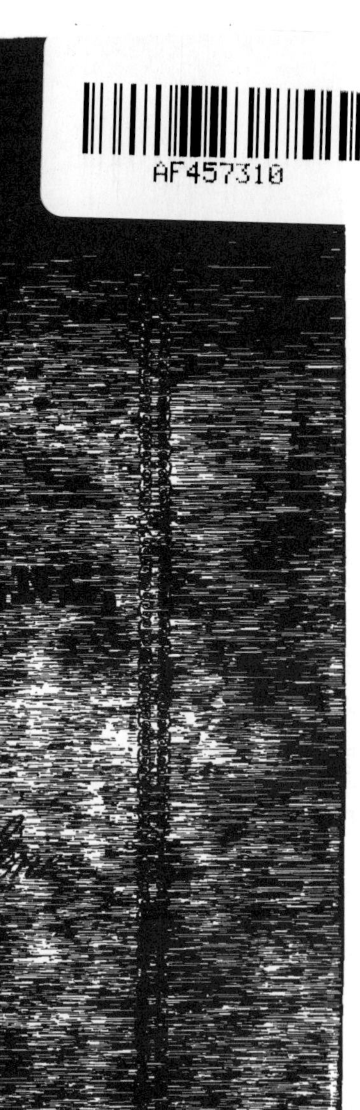

POÉSIES

DÉDIÉES

AU DUC D'ORLÉANS,

à l'Occasion de son Mariage

AVEC

La Princesse Hélène,

Par J. J. Klein.

Prix : 1 franc 50 cent.

A PARIS, CHEZ TOUS LES LIBRAIRES,
ET A STRASBOURG, CHEZ M. LEVRAULT.

MDCCCXXXVII.

PARIS. IMPRIMERIE DE L. B. THOMASSIN ET COMPAGNIE,

rue des Bons-Enfants, 34.

Prince,

Vous qui venez de donner le repos à la France; vous qui êtes l'espoir de son avenir,

Recevez avec l'indulgence d'un Fils de Roi ce faible hommage de ma gratitude.

Agréez, Prince, l'expression de mes respects.

J.-J. Klein.

PROLÉGOMÈNES.

Le front timide, j'ose, à l'occasion du mariage du Duc d'Orléans, présenter à mes concitoyens quelques faibles strophes. La flèche du sort se tenant toujours suspendue sur mon front, je n'ai pu mieux élaborer mes idées. J'ai donc confusément jeté sur le papier la douleur, la joie et les éloges, tels que l'incertain guide du cœur me les avait tracés.

Si cette fois l'enivrement de l'esprit, les émotions de l'âme, les épanchements du cœur et l'effusion de l'imagination ne m'ont couvert de leurs ailes protectrices, mes concitoyens sauront user d'indulgence en lisant cet opuscule qui, ne renfermant que des pièces de vers détachées, ne forme qu'une brochure de circonstance.

Prodiguer des louanges aux sceptres, entretenir l'urne d'encens au pied des trônes, dans un siècle de progrès et de civilisation, m'a-t-on dit, est un langage usé; c'est bâtir sur le sable, c'est crier et marcher dans les ténèbres, c'est cultiver un sol ingrat et aride, c'est se revêtir du manteau de l'hypocrisie, c'est ramper dans les déserts.

De semblables discours, aussi vieux pour la forme qu'usés par ceux qui les débitent, pourraient, se déchaînant éperdument, trouver de l'écho, si les sons de la vérité ne vibraient dans les cœurs, si l'intrépide, l'éloquent défenseur du mérite, ne plaidait à la fois la cause du chaume isolé et du dôme doré du pavillon royal; si à la fois il ne suspendait à son arc le sceptre du trône et la houlette du troupeau.

D'ailleurs quel est le cœur français qui, le front levé, puisse contester au trône de Juillet l'inébranlable fermeté de sa conduite vertueuse, le courage soutenu de sa vie laborieuse, la grandeur de ses vues toujours sages et bien combinées, la générosité de son âme à l'égard de ceux qui le déchirent, l'épanchement de sa clémence envers ceux qui attentent à ses jours?

Toute âme française n'est-elle pas tentée d'avouer que c'est l'œil de la Providence qui veille à son cortége royal?

Quel bras, blessé par la main meurtrière, n'étendrait à ses pieds vengeurs son effronté assassin? La Couronne, au contraire, lui jette un regard de clémence et d'hospitalité, le ramène à bord, le secourt dans ses besoins ; elle va plus loin, elle lui pardonne !

Avant d'épuiser ces réflexions, il s'en présente une autre en passant. Combien le caprice du destin ne se joue-t-il pas des hommes et des choses ! L'immuable étoile qui, sous son rayon éternel, guide tout, semble quelquefois disparaître soudain pour les uns, et leur dire : « Retournez, vous et vos siècles du bien et du mal, retour-
« nez au néant d'où vous êtes sortis ! » Aux autres : « Et vous,
« venez régner sur les peuples; les peuples vous féliciteront; ils
« écouteront votre voix paternelle comme celle du Prophète ; ils
« vous entoureront de leurs remparts, parce que la voix d'en haut
« les a appelés autour de vous. »

Il semble que rien n'échappe au tranchant de la faux du temps destructeur. N'a-t-on pas vu avec douleur trois fois l'insensible pilote ramener sans pitié au bord de l'exil l'auguste fille d'un trône brisé ! Le temps, ce cruel moissonneur, n'a de sympathie ni pour la fleur qui vient d'éclore, ni pour l'épi doré qui se courbe sous le pesant fardeau de son propre fruit. Frappé par son bras impardonnable, tout tombe, tout se couche à terre sur son terrible passage ; le temps, ce vieux vautour ravisseur, qui tient tout sous ses griffes, qui dévore tout et qui use tout !

Il semble de même que les nations s'usent, que les peuples déclinent, s'endorment pour ne s'éveiller que dans la tombe du néant, ou sous la main féroce de la barbarie. Jérusalem n'est plus qu'un étang de reptiles ; la farouche et triste corneille garde les décombres et les ruines d'Athènes; la superbe Rome courbe la tête sous les mausolées de sa grandeur passée ; l'intrépide et héroïque Pologne, pour la troisième fois, a repris le collier de servitude.

Ces nations ont beau se redresser dans leurs tombeaux, elles ont beau chercher de l'élan dans les climats voisins ; elles ont beau remuer leurs ailes brisées, animer leur âme à demi-morte ; elles ont beau crier et faire entendre leurs voix à demi-sons ; elles ont beau fatiguer leurs pieds boiteux, au milieu de l'élan, une sombre nuit les couvre de ses ailes longues et pesantes; des ombres épaisses et confuses les étourdissent, un lâche sommeil les empoigne et les rejette lourdement dans leur ancienne apathie. Telles que de vieilles orgues dont les sons endormis dans les tuyaux, au touchement de leur clavier, n'animent la nef que par des sons aigus, la voix de ces nations, parsemées çà et là, se perd mutilée sous l'immensité de la voûte céleste, et ne retrouve sur son passage que des échos mourants.

Revenant enfin sur de précédentes réflexions, je me demande si les campagnes d'Anvers et de Mascara n'illustrent pas notre pavillon royal? Le successeur du trône n'a-t-il pas déployé le zèle et l'activité caractérisant l'âme intrépide d'un brave guerrier ? N'a-t-il pas couru le même péril que le soldat qu'il conduisait? Le bras de la charité et de la clémence royale ne s'étend-il pas sur toutes les parties du sol? D'un autre côté, si le sceptre s'arme de rigueur, de surveillance, de châtiment, c'est parce que la corruption ourdit des trames contre lui, le menace de menées perfides ou d'actes criminels. Aussitôt que le pied de ce fléau propagateur cesse de continuer ses cruelles allures, le trône devient doux et clément, la couronne se ceint le front du bandeau paternel, se couvre du voile d'indulgence, et se revêt du manteau de pardon.

Un trône, au reste, peut-il satisfaire à tous les besoins? Peut-il franchir le rempart de tous les obstacles? Peut-il contenter la démence de toutes les ambitions, répondre au torrent de toutes les demandes d'emploi, barrer la porte aux allures frénétiques de toutes les jalousies, et marcher dans l'ornière tortueuse de tous les caprices? Non..... c'est une chose impossible à l'imperfection humaine. D'ailleurs ne connaît-on pas le mortel assez cruel envers lui-même, qu'il ne se plaît que là où il n'est pas, et qu'il désire toujours ce qu'il n'a pas!

Il ressemble à l'oiseau sur la branche;
Si son arbre chancelle et se penche
L'oiseau bat l'aile et veut y rester.
Solide, il saute et la veut quitter.

Au Poète.

Viens, poète : pour toi la cloche tinte l'heure.
Plane aux clartés du ciel de ta sombre demeure,
Déploie enfin ton aile et jette au loin ta voix,
Pour tes frères souffrants chante et porte ta croix;
Vole rapidement; mais, en ton vol, mesure
Et l'espace et le temps; prends une route sûre :
Ne monte, ne descends, ni trop haut, ni trop bas :
Suis le soleil du jour, règle sur lui tes pas.
Si le vent de l'orgueil te poussait dans la nue,
Jette un regard au sol : que ton aile ingénue
Caresse les vergers, les rives et les fleurs;
Au doux chant des oiseaux verse de tendres pleurs.
Parfois en voltigeant le long des fraîches rives,
Trempe de temps en temps tes ailes fugitives
Dans les longs flots roulant du sommet des coteaux,
Comme l'ombre se baigne aux rayons des flambeaux.

Sois modeste, poète : un jour viendra, sans doute,
Où près des champs fleuris tu traceras ta route,
Où les passants viendront te voir voler encor,
En papillon, prenant vers le ciel ton essor.
Qu'en tous lieux la vertu guide l'air de ta lyre,
Que l'espoir d'un grand nom ne soit pas ton délire.
Donne aux oiseaux, aux champs les labeurs de tes jours,
Et là tu voleras toujours.

AU DUC D'ORLÉANS.

Toi qui, sous tes grands mâts, fis gémir l'onde amère,
Écoute, Fils de Roi, ma lyre solitaire,
Aux froids bords de l'Escaut, au sable sec d'Alger,
Célébrer tes exploits, ta valeur de guerrier :
Accepte de ma voix la gloire qui t'est due,
Les foudres du Condor et son aile étendue ;
Vole sur ces vieux monts, ces déserts sablonneux,
Couverts de tes travaux et succès belliqueux.

Là tu bravas le froid et les glaces de l'Ourse,
Là les feux du soleil qui darde dans sa course,
Là, guidé des Gérard, là des braves Clausel,
Tu marchas affronté sous un astre cruel ;
De ton bras courageux et d'un guide intrépide,
Tu domptas le Bédouin dans son désert aride,
Lui montrant de ton doigt la vie ou le tombeau,
L'abîme ou le sentier vers un Alger nouveau.

Du sommet où plana l'aigle de son audace,
Je ne pus m'approcher ni te parler en face.
A peine, faible aiglon, de son aire échappé,
Je fixais le soleil, qui d'un trait m'a frappé,
Levant, silencieux, ma timide paupière
Vers ton front radieux, vers ta palme guerrière,
Je ne voudrais ramper, je crois voler encore.
Viens aider mon nouvel essor.

Inconnu, je parcours la pénible carrière
Où jette les mortels la cruelle misère.
Viens enfin, viens m'offrir le suffrage, l'accès
Du pavillon brillant, voilé de tes succès.
Ferme ton œil perçant à ce sombre nuage,
Couvrant le front craintif, les malheurs du jeune âge.
Étends ton bouclier, maître et vainqueur d'Anvers,
Sur le timide auteur qui te chante ses vers.

Soutiens-moi : vers le ciel ma faible aile s'élance,
Un ange me sourit et me dit en silence :
Donne ta voile aux vents, et rame au port là-bas,
Où ton généreux prince étend son puissant bras ;
Vole près de son char. Toi, triste solitude,
Découvre devant lui ton front de gratitude;
Suis ses glorieux pas sur ces riants coteaux
Que reflète la Seine en ses limpides eaux.
Souvent, ah! bien souvent, du volcan de mon âme
Un volcan bouillonnait une lave de flamme;

Souvent des rêves d'or, chassés par le réveil,
Illuminaient mon âme aux heures du sommeil.
Quand le tocsin hurlait la liberté prochaine,
Libre et captif encor, je secouai ma chaîne.
Affamé d'avenir, je me couvre aujourd'hui,
Prince, de ton aile d'appui.

Du sein de ta splendeur, sensible à l'indigence,
Ton cœur sème en tous lieux la joie et l'espérance;
Ton mât fait trembler l'onde, et ton glaive, les rois;
Héroïsme et valeur sont l'appui de tes droits,
De tes libres pensers, couvert de ton suffrage,
Ne nous jette, grand Prince, un collier d'esclavage;
Deux fois nous t'en prions, en ton cœur généreux,
Sous ton bandeau royal souris au malheureux!

Au creuset des chagrins, souvent l'aveugle envie,
Venait froisser ton âme et menacer ta vie;
Mais le front intrépide et le bras étendu,
On voyait du danger s'agrandir ta vertu,
Et quand d'un meurtrier la farouche insolence
Sur ton manteau royal exerça la vengeance,
Ta grande âme attristée à ce lâche attentat
Ne cessa de pleurer les enfants de l'État.

Quand un brave guerrier, malheureuse victime,
Sous la main monstrueuse expia tant d'estime,
Dédaignant des partis les soupçons menaçants,

Tu poursuivis ta marche au milieu des volcans.
D'un diadème lourd méprisant l'espérance,
L'œil au ciel, tu marchas priant la Providence
Pour ces cœurs endormis en leur célébrité
Au sopha de l'éternité.

Sous un guide sacré, sous la vertu royale
Souvent peut se cacher une arme assez fatale.
Défends, Prince, l'honneur et le sol paternel ;
Bannis de ton fourreau le fer traître et cruel.
Alexandre le Grand, ce vainqueur de la terre,
Apprit que hors du ciel tout ne fut que chimère,
Que son aigle et sa garde, et son nom d'Empereur
Laissèrent en tous lieux des traces de terreur.

Mais d'un devoir pour toi la guerre devint sainte ;
Aussi volas-tu, Prince, au grand péril sans crainte,
Étendant tes exploits jusqu'au dernier hameau ;
Tel que l'œil du berger, tu gardas ton troupeau ;
En Afrique tu fis cette guerre sacrée
Que le besoin, l'amour et l'honneur ont créée ;
Partageant des combats les travaux et le sort,
Que de fois tu bravas le glaive de la mort !

Le poète héros sut chanter tes mérites,
Il frémit à l'aspect des voiles hypocrites,
Changeant en défauts vils tes sublimes vertus,
En face des tableaux qui d'horreur sont vêtus.

Puisse le ciel punir tant de coupables fraudes,
Qui faussent la vertu pour en voiler leurs fautes,
Qui de leur traître sein, de leur bouche de miel,
Soufflent partout leur dard de fiel.

Passant, n'as-tu jeté, Prince, une âme attendrie
Sur l'aile d'une ville abattue et flétrie,
Sur ces sables brûlants, sur ces déserts affreux,
Sur tant de chaumes nus, sur mille malheureux?
As-tu vu le fuyant, seul courbé dans la fange,
Jeter à ton approche une figure d'ange?
As-tu vu le serpent au roc se promener,
Et le chêne du mont devant toi s'incliner?

Tes yeux ont vu le faste insulter la misère,
Tout un peuple gémir sous les flots de la guerre,
Un monde entier flotter sur l'onde des revers,
Avant d'avoir hanté la rive des déserts;
Ils ont vu tant de maux, de cruelles famines,
Et tant d'heureux succès au milieu des ruines,
Des braves écrasés sous le poids de terreur,
Exilés, s'endormant au socle du malheur.

Instruit de tout, guidé par la main paternelle,
Prince, tu voleras sous une aile éternelle;
Sans chercher des climats sous des astres rivaux,
Tous les jours tu verras surgir des sols nouveaux.

Si tes rares exploits illustrent ta mémoire,
Tes vertus plus encore que ta pompeuse gloire
Ont mérité la palme et les brillants lauriers.
Qui seuls ceignent les fronts guerriers.

A LA REINE.

Vole, oiseau messager, l'univers dort encore ;
Vole pendant la nuit, dans l'espace sonore,
Doux oiseau vole ; en ce moment
Que le gai rossignol descend dans la vallée
Pour annoncer aux fleurs la féconde rosée
Qui se penche du firmament.

Vole, oiseau messager, sous le feu des étoiles ;
Suis le vaisseau royal, aux triomphantes voiles,
Et suspend ton vol sur son mât ;
Et charme son nocher, qui dans sa rêverie
Navigue au gré des vents contre l'onde en furie,
Contre la mer qui se débat.

Pars ; l'astre bienfaisant planera sur ta route
Comme l'aube du jour sous la céleste voûte.
Quitte ce palais somptueux,
Et salue en passant le bosquet du rivage

Où le merle étourdi siffle au loin son ramage
Que répète l'écho joyeux.

Pars; salue en passant, sur le bord de la Seine,
La verdure des prés et les fleurs de la plaine,
La houlette près des troupeaux,
La colombe des champs, l'oiseau de la vallée,
Le vert pin du triomphe et la riante allée,
Des braves guerriers les tombeaux.

Oui, pars, oiseau; mon cœur ainsi que l'hirondelle
Près de toi volera s'il peut avoir une aile,
Et si tu vois là-bas sur ton chemin
Mes yeux parmi les yeux, mon front sur les visages,
Jette de longs regards au front de ces présages,
Et pour moi baise-leur la main.

Pars; si tu vois là-bas d'un fils héros la trace,
Parsème de jasmins, d'œillets, le sol qu'il passe;
Jette à son front de fleurs bordé
Des fleurs de mon jardin, des fleurs d'un cœur de mère,
Des fleurs d'un sol sacré, des fleurs d'un cœur de père,
D'un cœur de larmes inondé.

Illusion et Tendresse maternelles.

Au milieu de ce bruit, de cette foule armée,
Que fais-tu, fils chéri? Dans des flots de fumée,
        Au sommeil rêves-tu de moi,
Ou d'exploits, de combats, ou de ta jeune épée,
Qui de sang ennemi malgré toi fut trempée,
        Ou d'un diadème de roi?

Rêves-tu d'un palais qui nuit et jour soupire,
Sous son front triste et lourd qui doucement respire,
        Et de son étendard d'amour
Dévoilant mille vœux, pour les riches trophées,
Te fait signe au lointain sur les mers apaisées,
        Et rêve, en son sein, ton retour.

Là je voudrais te voir sur ton coursier terrible,
Conduisant à l'honneur ton armée invincible,
        Aux mâts, les hymnes du clairon,
Présider aux combats sur les champs de bataille,

Donner des pleurs aux morts, au char des funérailles,
Et t'applaudir de mon balcon.

Là je voudrais te voir dans les flots de poussière,
Voir ton coursier brûlant aux flammes la crinière.
Mascara, cette ville en deuil,
Ville au milieu d'un bruit de trompette et cymbales
Soumise à ton épée et réduite à tes balles,
Te jeter ses clefs sur le seuil.

Oh! je ne puis dormir, je te vois à toute heure,
Le jour je fuis la nuit; seule, sans toi, je pleure.
Quand au balcon frappent les vents,
Je te revois passer sur un char de victoire.
Un oracle sanglant, un fantôme de gloire;
Viens, en tous moments je t'attends.

Reviens enfin, reviens, je ne cesse mes larmes,
Quoique jeune, ton casque est vieux; quitte les armes,
Renonce à la guerre, aux combats;
Tresse tes cheveux blonds noircis dans la fumée,
Reviens rapidement vainqueur avec l'armée,
Car tes conscrits sont vieux soldats.

LE PRINCE.

Pars en mon nom, oiseau, mon armée est tranquille ;
Pars et porte là-bas ce mot à ma famille ;
Passe par ces vallons chéris
Que le soleil éclaire et l'étoile illumine ;
D'où le pin chevelu du haut des monts s'incline,
Que ceignent mes soldats amis.

Pars pendant la fraîcheur, le soleil dort encore,
Le ciel ne blanchit point aux clartés de l'aurore,
L'arbre encor donne aux fruits ses pleurs ;
La brise, encor cachée au sein de la bruyère,
Ne vient avant l'oiseau réveiller la poussière,
Ni souffler la rosée aux fleurs.

Pars vite, le Bédouin pour ta fuite sommeille.
Au roc qu'un guerrier assiége et surveille,
Annonce nos nouveaux combats ;
Mais si mon fer ne peut rajeunir cette terre,

Si mon œil ne peut voir la fin de cette guerre,
Dis que je ne reviendrai pas.

Cessez de me donner des larmes,
Mon bras ne peut quitter les armes
Pour revenir sans nom.
Il veut, lui, braver la mitraille,
Il veut voir tomber la muraille
En face du canon.

Laissez-moi veiller sous ces hêtres,
Dans ces bois, ces chaumes champêtres,
Dans l'innocent plaisir,
Parmi ma brillante jeunesse,
Pleine de gloire et de sagesse,
Avide d'avenir.

Laissez-moi frapper le Barbare,
De mes armes dompter son phare;
Car j'ai passé la mer
Pour venger l'honneur de la France,
Pour captiver une insolence
Par la poudre et le fer.

Quand je dors sous l'ombre chérie
Que verse l'épine fleurie,
Le corps tout embaumé
De parfums, et l'âme attendrie,

Je vois une mère assoupie
Au bras d'un fils aimé.

Sous sa verte aile qui soupire,
Je vois le printemps lui sourire
Pour ces sveltes enfants
Qui, nés pour de si grandes choses,
Ont cueilli des lauriers, des roses
Sur ces sables brûlants.

Je vois le roc du pied du chêne
Se rouler au sein de la plaine
Près des pâles flambeaux,
Demeurer sur les froides cendres
De nos frères vaillants et tendres
Pour peupler leurs tombeaux.

M'éveillant au fond d'une tente,
Je vois la nature riante.
A l'écho du désert
Se joint le lourd bruit d'une armée,
A l'éternelle renommée
Qui commande et qui sert.

Je te vois encor, troupe aimable
Qui d'un regard si charitable
Sourit à mon printemps.
Hélas ! combien est-on tranquille

Quand on rêve en bonne famille,
    Ou qu'on veille en songeant.

Oui, troupe immortelle et chérie,
Puisez en mon âme attendrie
    Le noble souvenir
Qui ne nous quitte qu'en la tombe,
Suivant la céleste colombe
    A l'éternel plaisir.

Reconnaissance du Polonais

A L'ARCHE HOSPITALIÈRE.

Salut, arche céleste, et vous, Noé, mon père !
Salut, peuple vaillant ! Toi, liberté, ma mère,
Reçois cet échange nouveau,
Cet oiseau fugitif flottant sur le roseau,
Pareil à la colombe après le grand déluge,
Qui t'apporte, grand Prince, en son noble refuge,
Non, la palme d'un grand guerrier,
Mais un vert rameau d'olivier.

Salut, sol aux exploits, patrie hospitalière !
Chez toi je suis venu comme on vient chez sa mère ;
De loin tu me tendis la main,
Comme l'ange tuteur à son pauvre orphelin ;
De loin tu me fis signe au milieu de l'orage.

Comme la verte côte au vaisseau du naufrage,
Et sauvé du courant du nord,
Je hante aujourd'hui ton grand bord.

Tu me tendis la main au bord de l'arche même,
J'entrai dans ta demeure, en l'asile suprême,
Sous l'ombre d'un bras tuteur,
Tel que l'abandonne sous son toit protecteur.
Cette arche est, Fils de Roi, ton pays, c'est la France;
Noé c'est toi, mon père et ma douce espérance;
La Colombe, tu la connais,
C'est moi l'Orphelin Polonais.

DÉPART.

Partons, guerriers, partons : la bise au loin murmure ,
Le printemps a passé, l'été fuit sans verdure ;
L'automne sur nos froids bosquets
Laisse traîner sa robe et ses mélancolies.
La terre devient chauve, et les rives jolies
N'appellent plus les chants sous les peupliers frais.
Partons : le ciel est gris , l'air lourd , la terre obscure ;
Le chêne reste nu, le mont sans chevelure,
 Et d'échos en échos le vent
Emporte de son souffle au loin dans les campagnes
La voix des noirs torrents qui tombent des montagnes,
Souvent comme un clairon au camp.
Partons : déjà septembre a posé sa couronne,
Les raisins sont pressés sous le pied de l'automne,
 Et le char brûlant du soleil,
Tout à coup engourdi de ses frimats de l'ourse,
Au galop des coursiers ne règle plus sa course ,
 Eclairant l'horizon vermeil.
Partons : la neige éclate aux clartés de l'aurore ,

Le fier coursier bondit sur le sol qu'il dévore,
La source inonde les vallons,
Traînant son manteau lourd sur le corps des armées,
Le serre en ses froids plis aux rives débordées,
Et colle son front aux gazons.
Partons, le rossignol qui nichait sous l'ombrage
A cessé tout à coup d'égayer le bocage,
Et le mélodieux roseau,
Que Zéphyre agitait sur sa tige fragile,
Se tient droit et glacé, tel qu'un corps immobile
Qui ne cesse de fixer l'eau;
Partons : les bois n'ont plus ni doux chants, ni verdure;
La brume, voilant l'air d'une humide froidure,
Etouffe l'écho délicieux,
Qui solitaire erre dans sa forme nouvelle
Pour retrouver sa voix et réchauffer son aile
Au soleil d'un bois silencieux.
Partons, voici l'hiver au sombre et dur visage
Qui, couronné de pleurs, peint du malheur l'image,
Mord de sa dent le front frileux,
Traîne sous notre ciel sa froide giboulée,
Et de son souffle aigu sur l'onde crénelée
Envoie la mort aux malheureux.

RETOUR DE L'ARMÉE.

Sonnez, cloches, sonnez et triomphe et victoire!
Réveillez les mortels; et vous, enfants de gloire,
Tressez les fleurs et les lauriers.
Le jour était sans voile et la nuit sans aurore,
L'heure longue, la roûte âpre et plus longue encore:
Dormez d'un doux sommeil, guerriers.
Chante, oiseau du printemps, chante repos et grâce;
De tes accords joyeux remplis au loin l'espace,
Donne l'essor à ta chanson.
Vole avec nos clameurs jusqu'aux cités obscures,
Et ne suspends ton vol qu'au milieu des verdures
Où pour tous fleurit le pardon.
Reste, doux oiseau, reste en ces lieux où l'orage
Voile ton aile, frondant ses foudres sur ta cage;
Reste, quand le sombre beffroi
Hurle ses sons aigus pour répandre l'alarme,
Module auprès de nous cette rumeur qui charme,
Et sous ton aile garde-moi.

AU ROI.

Je te salue, ô noble terre,
Beau jardin, paradis,
Sol aux plaisirs, aux ris.
De la France soit sœur, de la royauté, mère;
Verse en son sein tes fleurs, les chants de tes oiseaux;
Fais couler sur ses bords tes champs beaux et fertiles,
Tes longs fleuves de miel et tes limpides eaux;
Sous son ciel assieds-toi; rends verts ses sols stériles,
A ses revers donne des pleurs,
A ses doux enfants des bonheurs.

Vous y voyez la main avide
Arroser de sueurs
La tige de ses fleurs,
Braver les feux d'été, braver l'hiver aride,
Chérir les fructueux, défronter les méchants,
Soigner l'humble gazon comme la violette,
Dompter les orgueilleux, ranimer les mourants,
Et sans faucilles, sans serpette,

Courber le noir mûrier ;
La vigne et le prunier.

Toujours sous la même parure,
Inflexible, plein de candeur,
Partout le même cœur ;
Ton sol est si fertile et ta terre si pure,
Ta main dote mes champs des plus riantes fleurs,
Ta voix cherche souvent l'écho de mes prairies,
Où couvre mes ormeaux ou mes saules pleureurs ;
Ton pied, mes verdures chéries,
Où tu donnes ton cœur
A la bonté, ma sœur.

Entouré de la multitude,
Maître de tes passions,
Sans haine et punitions,
Oh ! pourquoi cherches-tu l'aimable solitude ?
Pourquoi croît en ton sein l'arbre de liberté,
Si tu n'es que la terre ou la rose fleurie,
Si ton beau sol ne peut donner l'éternité,
Et si ta fleur y meurt flétrie,
Qu'es-tu ? jardin orné,
Terrain peu vénéré ?

Je suis un guide de sagesse,
Fuyant les vains plaisirs

En leurs ardents désirs.
Je suis la jeune fleur protégeant la vieillesse,
Et nul mortel me suit sans me donner des pleurs;
Je parsème partout la paix et l'indulgence,
Et ne puis nulle part en recueillir des fleurs.
Mon jardin est sacré, c'est le sol de la France;
Mon jardinier est Roi... Roi, de mes fleurs vêtu,
Car je suis la vertu.

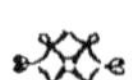

A LA PRINCESSE HÉLÈNE.

I.

Réveillez-vous, enfants de muses et de gloire,
Relevez votre front pâle au chevet obscur :
Le soleil luit, le jour paraît au ciel d'azur ;
Le rossignol, long-temps muet, chante victoire.
Poëtes, rappelez vos filles du désert ;
Aux sentiers inconnus où vous errez encore,
Du rossignol altier suivez la voix sonore,
Et chantez aux mortels l'unanime concert.

De vos sombres chagrins peignez la noire image,
Et du froid désespoir dédaignez les enfants
Qui rampent sur le sol comme les nus serpents,
De la fronde du ciel redoutant le ravage.
Par l'étoile éternelle en vos chemins guidés,
De vos pas mesurez la pénible ornière
Où languit la douleur, où frémit la misère ;
De vos songes passés dites les vérités.

Nos vérités étaient chimères et mensonges,
Orgueil et vanité, désespoir et douleur;
Dans un antre vulgaire étaient cachés nos pleurs,
Et dans un froid linceul ensevelis nos songes.
Nos vérités étaient erreur, folie et courroux,
Et nos gémissements, notre longue agonie
Étaient du vieux vautour la voix rauque et honnie,
Notre chant, le long cri des lugubres hibous.

L'infâme pie errait au sommet de nos côtes;
De sinistres oiseaux descendaient, remontaient
Le fleuve où nos vaisseaux tristement stationnaient;
Nos bords n'étaient connus que par ces errants hôtes.
Dans nos songes la nuit criait sur les coteaux,
De sa sinistre voix la corneille farouche
Et l'impétueux vent, soufflant sur notre couche,
Lourdement se battait contre nos nus rideaux.

De lourds chardons ornaient nos champs jadis fertiles,
L'épine y fleurissait; à ses pieds, en rampant,
Venait poser ses œufs le perfide serpent,
Et peupler nos gazons de ses enfants reptiles.
Notre voix s'enterrait dans la fureur des flots,
Se perdait à l'écart dans le sein de la terre,
Ou vite remontait vers la haute atmosphère,
Ou fuyait tristement avec ses vains échos.

Nos lyres se brisaient sous une main glacée,
Elles ne vibraient plus, et la muse rampant
Dans des sentiers fangeux, sur le sable brûlant,
Se traînait à l'écart de sa cime chassée.

II.

Mais dans un champ lointain grandissait une fleur
Qui penchait son vert front vers les bords de nos terres.
Sur un sommet lointain fredonnaient des bergères
Dont les sons mélodieux égayaient notre cœur.
Sur un fleuve lointain naviguait un beau cygne
Qui vers nos bords penchait, et dans un air lointain
Volait une colombe à l'œil noir, qui soudain
Vers nos climats battait l'aile et nous faisait signe.

DÉPART.

Pars, gentille fleur, pars: quitte tes ingrats champs.
Voici l'étoile au ciel qui fuit, voici l'aurore
Qui ramène le jour sur ce mont qui se dore.
Viens, fleur, viens avec nous couler d'heureux printemps.
Jette-là ta feuillée et prends notre verdure,
Pose ton pied chéri sur nos gazons si doux.
Viens donc, gentille fleur, au champ du rendez-vous,
Et suspends sur nos fronts ta tendre chevelure.

Viens; en nos champs aussi tu verras une fleur:
Son parfum vole au loin, c'est la superbe rose,
Le papillon doré s'en embaume, s'y pose,
Et vers le ciel s'envole, enivré de bonheur.
Viens visiter nos champs, tes jours y sont des fêtes;
Approche: comme toi, nos fleurs ont leurs zéphirs,
Leurs amours, leur printemps, leur joie et leurs plaisirs.
Sous ta feuillée, ô fleur, laisse poser nos têtes.

Viens: sous l'antre royal le poète t'attend,
Sur son front découvert verse ton riche ombrage,
A sa muse, l'abri d'un abondant feuillage;

A la lyre, ses sons; au rossignol, son chant.
Viens, au chêne du mont, la blanche tourterelle
S'égaie et vit d'amour, toujours doux et nouveau,
Sur la côte on entend chanter sur son pipeau
De saules émaillé, la brune pastourelle.

A ton approche, ô fleur, soudain s'arrêtera
Du joyeux moissonneur la faux nue et tranchante;
De la triste glaneuse encor la main saignante,
Sous ses maigres épis, au ciel se lèvera.
Viens verser en nos seins ta riante corbeille
De ta feuillée, au malheur prépare un lit plus doux;
Viens, fleur, tous nos sentiers seront tes rendez-vous,
Le ravin aux rosiers, la souche de l'abeille.

Viens, effeuille en passant nos jardins, nos vergers,
Croîs sur nos sentiers secs, sur l'aride rivage,
Sur nos sables brûlants verse un épais ombrage,
Doux soleil aux moissons, vert gazon aux bergers,
Viens, la muse a repris sa lyre et ses doux sons,
La colline ses fleurs, le coursier de l'aurore
Son étoile pour guide, et son champ qui se dore,
Et la fille des champs sa robe de moissons.

La montagne a repris sa verdure pour voile,
Les champs leurs fleurs, les bois les doux chants des oiseaux,

Leur vol les papillons ressortis de tombeaux,
Et l'astre de la nuit son collier d'étoiles.
Déjà la muse inerte a quitté son caveau,
De chauve, elle a repris sa longue chevelure;
Elle fête les fleurs, les gazons, la verdure,
La source qui serpente et se forme en ruisseau.

Pour la première fois la riante colline,
A ses pieds revoit paître un aimable troupeau,
A sa suite venir boire au même ruisseau
La biche, et la colombe, et l'arbre qui s'incline.
Pour la première fois le rossignol joyeux,
Naguère errant aux bois, vient égayer les rives,
Et les moissons, toujours boiteuses et tardives,
Fêtent le ciel, offrant leurs dons aux malheureux.

La Muse.

J'avais plaisir à voir la marguerite blanche,
Briller d'un doux éclat dans les velours des champs,
A voir aux bords des lacs le saule qui se penche,
Et frémit aux baisers des vents,
L'aubépine fleurie, où la svelte hirondelle
De l'orient terni vient parfumer son aile
Aux premiers soleils du printemps.

J'aimais à voir d'un bois le verdoyant feuillage,
A dormir en repos sous l'ombre d'un bocage;
A rêver doucement sur le gazon fleuri,
A l'angle d'un bosquet chéri,
Où la lyre harmonieuse en un morne silence
Soupirait sous les doigts de la douce espérance;
J'aimais voir l'arbre aux fruits des champs verser ses pleurs,
Entendre bourdonner l'abeille au sein des fleurs.

J'aimais fixer du haut de la verte montagne
Le joyeux voyageur de la riche campagne,
A travers les vallons poursuivre son chemin,

Et soudain saluer encor son champ lointain.
J'avais plaisir à voir dans les vertes prairies,
Des oiseaux se plonger sur les herbes fleuries,
Et des sons harmonieux du haut de leurs clochers
S'envoler pour bénir le chaume des bergers.

Puis c'était un rare génie
Qui coulait ses jours d'harmonie
Sous l'aile des zéphirs naissants,
Et fêtait l'amour du printemps.

Puis c'étaient sous de blanches voiles
Des anges d'amour aux pieds nus,
Et des diadèmes d'étoiles,
Passant sur des sols inconnus;
De verdoyantes solitudes,
La face des béatitudes,
De l'harmonie et de l'amour;
Telles que des colombes saintes
Dans les myrtes chantaient leurs plaintes,
Au déclin odorant du jour.

A la Muse.

Voici l'heure qui sur nos fronts
Verse les plaisirs et la joie ;
Une aile d'or qui se déploie
A ta sœur aux beaux cheveux blonds.

Voici l'astre fatal qui tombe
Dans la débâcle du néant :
Toi, tu sors du gouffre béant
Et voles comme la colombe.
Maintenant ce sont des lauriers,
Des chars d'or, des cercles de vierges,
Des fleurs, des échelles, des cierges,
L'attirail de l'art des guerriers.

Ce sont de longs cris d'allégresse,
Des bruits de cloches, de canon
Soufflant à l'oreille le nom
D'une fleur qu'on nomme sagesse.
Ce sont des cortéges d'enfants
Tenant dans leurs bras des corbeilles

De roses : des riches abeilles
Le miel, du beau myrte l'encens.

Ce sont des hymnes, des prières,
Des fleuves de brillants flambeaux,
Des clochers de feu, dans les eaux
Réflétant leurs vives lumières.
Ce sont des perles, des diamants ;
C'est, devinez, une fleur, Reine ;
Que l'on nomme la belle HÉLÈNE.
C'est la DUCHESSE D'ORLÉANS.

❁

LA FILLE DE LA POLOGNE SEULE AU BORD DU RIVAGE PLEURE SON AMANT EXILÉ AU MOMENT DU DÉPART DE LA PRINCESSE HÉLÈNE.

Près d'un rocher rêveur, seule au bord de la rive,
L'œil en pleurs, le cœur triste et l'oreille attentive,
Je n'entendais que bruit, sinistres hurlements,
Je fixais ce vieux roc, ses ailés habitants
Dont les lugubres cris augmentaient ma tristesse ;
C'est là que se brisa ma lyre d'allégresse
Que me quitta mon ange, alors que la douleur
De ses flots d'amertume eut inondé mon cœur.

C'est là qu'il disparaît dans l'eau capricieuse ;
Là fut livré au vent cette voile amoureuse,
Qui de loin me jetait ses alarmants adieux,
Indiquant aux mortels l'éternel bord des dieux.
Oh ! s'aimer et se fuir, cruelle destinée !....
Je quittais en pleurant notre Sion ruinée,
Embrassant son corps froid au suaire flétri,
Sous son pivot détruit j'exhume un cœur chéri.

Mes soupirs renaissants s'enterrent sous cette onde
Qui, muette ou bruyante, erre de monde en monde,

Sans me les ramener dans le creux d'un sapin,
Ni sur le fer coureur qui creuse le ravin.
Six fois le vent du nord vint refroidir mes larmes,
Et son souffle mortel ravir mes tendre charmes;
Six fois le rossignol rappela son printemps
Et le bois retentit du doux son de ses chants.

Six fois le jaune épi a fait signe à la brise
De souffler son septembre à la montagne grise;
« L'harmonieuse hirondelle arrive aux flots de l'air
« Pour la deuxième fois sous le ciel de la mer.
« Hélas! d'où reviens-tu? bon ou mauvais présage;
« Es-tu porte-malheur ou l'oiseau de passage?
« Es-tu le météore ou l'habitant des eaux,
« Cherches-tu des soleils ou la nuit des tombeaux?

« Dis, quel est ton asile, ou quelle est ta patrie?
« Ton âme est-elle errante, immortelle ou flétrie?
« Si le sol ne te loge, ou le ciel ne te veut,
« Si la mer t'est contraire, et si tu fuis le feu?
« L'air encore te porte aux régions lointaines,
« De climats en climats, loin des douleurs humaines,
« Tous les six mois le vent te ramène à mon bord
« Sous l'escorte amoureuse, en dépit de la mort.

« A l'aide de ton aile, infatigables armes,
« Tous les six mois tu suis tes soucieux amants;

« Malgré les flots des mers et le feu des volcans,
« Deux fois l'an tu reviens avec de nouveaux charmes,
« Et je suis toujours seule, et seule avec mes larmes. »

La lumière du jour m'est un flambeau cruel,
L'approche de la nuit un tourment éternel;
L'un n'est que le tableau de ma fausse allégresse,
L'autre le noir portrait de ma longue tristesse,
Sous l'aspect d'une tombe et d'un songe immortel.

Aussitôt que l'aurore a versé sa lumière,
Le frileux berger sort joyeux de sa chaumière,
Et la chèvre broutant au roc le jet de nuit (*)
Fixe son ravisseur, et tel qu'un vent s'enfuit.
La diligente abeille, en sa tente mielleuse,
Exemple du travail et d'une vie heureuse,
Recueillant ses trésors dans la plaine de fleurs,
Donne aux ingrats mortels le fruit de ses labeurs.

La fourmi prévoyante offre l'économie,
La blanche tourterelle, aux plaisirs endormie,
De l'amour maternel la sensibilité;
L'innocente colombe en son nid de gaîté
Pour prix de ses vertus, la tardive prudence,

(*) L'auteur entend par jet de nuit la verdure produite dans une seule nuit.

Et la poule soigneuse un œuf à l'indigence ;
Le paon perd son plumage en ses hautains atours,
Et l'indiscrète pie erre aux champs des amours.

Suspendu dans les airs le faucon du pillage
Pêche le vieux serpent caché sous le feuillage,
Et le Martin-pêcheur plonge sur les poissons,
Et le moineau voleur rappelle les moissons.
Ces habitants de l'onde et gardiens de la terre,
Ayant charmé mon œil humide et solitaire,
N'avaient pu remplacer le chien, fidélité,
Qui dort près de son maître en la captivité.

Désespoir.

Oui, partout je te cherche, ami, suivant tes traces.
Hélas! vis-tu joyeux ou dors-tu sous les glaces?
Souffres-tu sous la chaîne au froid pivot du Nord,
Ou dors-tu sur ton aile, au-delà de ce bord?
Voles-tu dans les airs, ou bats-tu l'aile aux ondes?
Cherches-tu ta patrie ou de plus cruels mondes?
Rêves-tu de Sion en sa calamité?
Vis-tu sur cette terre ou dans l'éternité?

Te cherchant donc en vain, ami de mon jeune âge,

Je replonge mon cœur dans les fers d'esclavage,
Accusant les mortels et blasphêmant les dieux,
Je parcours les sentiers de la terre et des cieux ;
Et partout ballottée au char de l'espérance,
Je ne puis te revoir, doux compagnon d'enfance.
Le désespoir suivant toujours mes pas de près,
Je cesse de t'attendre en vain : tristes regrets !

Es-tu loin sans répondre aux cris de ces feuillages,
Sans traîner mes pensers sur ces froids marécages,
Je m'arrête à leurs bords par un souffle d'humeur
Pour briser à jamais mon timbre de malheur.
Oui, dans ce sombre bois, seule au pied d'une allée,
Fraîche, étroite, au milieu de mousse parsemée,
Je me confie au sable, à l'ombre des rameaux,
Aux hurlements des loups, aux clameurs des corbeaux.

Dans ce bois je m'arrête auprès de cette source
Qui, d'un roc sillonnant, en sa rapide course,
La plaine aux prés fleuris, baigne les noirs sureaux,
Et pose lourdement le surplus de ses eaux.
« Que tout est calme ici ! le lourd hibou sommeille,
« Le rossignol s'enfuit, le sourd brochet seul veille.
« Le souffle aigu du Nord se glace sur mon sein.
« Que ce gazon est frais, que cette eau semble noire ;
« L'oiseau de mort s'y baigne, et la pie y vient boire.
« Douleurs, prenez-y place, et cherchez votre fin !

« Oui, j'y reste plongée en ma douleur profonde,
« Loin de ma tendre fleur, loin des plaisirs du monde,
« Près de ces sombres rocs qui de leurs âpres fronts
« Mêlent des bruits plaintifs aux vieux chênes du mont,
« Que répètent ces pins, et qui brisent ma lyre,
« Et qu'au loin ces rameaux vont hardiment redire :
« J'y meurs bercée au glas d'un vent froid, capricieux,
« Dans le pâle linceul de l'amour malheureux. »

Espoir et douces Illusions.

L'astre jaloux des nuits dévoile sa lumière :
J'entends la brise au loin pleurer dans la bruyère ;
Rêvant, cheveux épars, au chevet du malheur,
Je ressens comme un trait mon amour en mon cœur.
Rappelant de mes yeux l'objet de ma tendresse,
La voix d'un exilé répond à ma tristesse.
Cessez donc d'éloigner les mers, bords endurcis,
Prenez part à mes maux, écoutez mes soucis.

Le pin suspend ses fleurs, et l'oiseau pose à terre,
Et ma fleur ne fleurit qu'en mon cœur solitaire,

Je vieillis dans ses traits et ne puis la revoir,
Ni le jour ni la nuit éclore au char d'espoir,
Le vent captif se plaint; soufflant l'onde glacée,
Et l'Océan redit ma douleur menacée.
Si je voyais les mers en fureur s'adoucir,
J'éspèrerais encor la revoir et chérir.

Soudain je vois au loin notre Pologne aimée,
Comme de verts coteaux l'immense mer calmée;
Ses flots sourds et muets, ses habitants peureux,
Ses lourds bruits apaisés, les vents silencieux,
La vague sans colère et l'écueil sans vengeance.
Tout rit, tout me rappelle à la douce espérance;
Le chêne au mont descend près de l'humble rosier,
Le sinistre hibou s'enfuit sous le vivier.

Tendre fleur, doux amant, reviens, reviens de suite,
Le reptile est caché, l'oiseau de mort en fuite.
Viens répandre le baume au creuset de douleur,
Le geai cesse ses cris, et le corbeau flaneur
A cessé sa sinistre et longue promenade
Au sillon d'un vieux champ où s'endort ta grenade;
Et l'ennuyeuse pie, au pivot des chemins,
Ne vient plus présager le malheur des humains.
Le front vert du rosier remonte la cascade,
Le noir lézard des puits, sous le fer du coursier
Aplati, n'attend plus l'œil humain au sentier.
Viens, j'entends roucouler et rire au haut du chêne;

Le rossignol jaloux suit l'amant qui l'entraîne,
Annonçant aux vergers le printemps de l'amour,
Et la sage colombe appelant de sa tour,
Tendre berceau d'enfance au bord de ce rivage,
Son compagnon qui vole aux champs lointains là-bas;
Il revient, et toi seul, cruel, ne reviens pas!
Ne reviens voir ta sœur et sa fille en veuvage,
Au tourment des tyrans et d'un lourd célibat...

Reviens, Sion t'attend, entonne ses vieux hymnes;
Ma lyre te demande au doux sopha d'hermine;
De nouveau nous allons courir sur même bord;
Ton Dieu le veut, ta foi veillera sur ton sort,
La voix de l'innocence au temple te rappelle;
Reviens et vois encor si tu chantes comme elle;
Souviens-toi des autels de ta divinité;
Oh! reviens y prier pour notre liberté.

Oui, reviens, avant que la mûre trop tardive
N'ait noirci le doigt frais d'automne fugitive,
Et que le gland qui cloche au noir front du mûrier,
Soit broyé sous la dent du cruel sanglier;
Que la main du glaneur ait écrasé l'olive,
Que le champ soit avare à la caille attentive!
Hélas! reviens enfin pour essuyer mes pleurs :
Sur ce bord je t'attends, ici pour toi je meurs.

Et toi tu pars aussi, belle et auguste Hélène.
Avant de mesurer cette terre incertaine,
Jette un dernier regard sur ces bords, sur ces mers,
Sur ces rochers, ces monts, sur ces sables déserts.
Hélas! Reine, effeuillant le sol de l'arche sainte,
Du pèlerin d'exil adoucissant la plainte,
Soulage ses malheurs, brise l'arc de son sort;
Pour affranchir ces bords interroge ses larmes,
Qui pour toi pour long-temps ont conservé des charmes; (*)
Pour le bonheur commun, joins à lui ton effort,
Heureuse sur ton trône, assieds-toi sur ses armes;
Tranquille il vit : tu jouis, et moi je pleure encor.

(*) Si la Pologne n'avait pas cherché à s'affranchir, la Russie, qui traîne avec elle une partie de l'Europe, aurait probablement fini par envahir la France; et cet événement ayant brisé les vues de la Russie pour un demi-siècle, j'ai pu dire des Polonais qu'ils ont pour long-temps conservé des charmes à la princesse Hélène, qui sans la juste scission de ces deux peuples ne serait pas aujourd'hui appelée à perpétuer la race de la dynastie des d'Orléans.

Le Poète.

Princesse, j'ai trouvé pour peindre ton image,
Des célèbres pinceaux l'intrépide courage,
Les plus vives couleurs, l'œil de tous les tableaux,
Le plus brillant vernis, les plus adroits ciseaux,
La lyre aux sons divins, l'art avec son adresse,
Le guide des vertus, l'étoile de sagesse....
De mon tableau devine enfin les brillants traits?
Ce tableau réunit mille et mille portraits;
C'est celui d'une épouse auguste;
Le peintre le trouvera juste,
Car c'est la Reine des Français...
Fière, marche dans son ornière,
Comme elle, secours la misère,
En ta route imite ses pas,
Ne rêve jamais son trépas;
De tous c'est la meilleure mère.
Doit-elle s'envoler avant toi d'ici-bas,
Va prier le bon Dieu, que son âme souffrante
Dans des sentiers cachés ne soit long-temps errante;
Reste dans les fleurs sous tes pas,
Gémisse dans le saule ou brille dans l'étoile,
Comme un regard d'amour sous sa profonde voile

Sans cesse ouvert à tes climats.
Surtout va prier Dieu qu'il la fasse renaître
Du suave soupir qu'exhale un séraphin :
Alors dans les rosiers fleuris sous ta fenêtre
Elle t'embaumera sans fin ,
Y viendra jusqu'au jour où ton âme sonore
De la nuit de l'exil montera vers l'aurore :
Où Dieu nous attend dans son sein.

www.ingramcontent.com/pod-product-compliance
Ingram Content Group UK Ltd.
Pitfield, Milton Keynes, MK11 3LW, UK
UKHW022140190726
13855UKWH00003B/1268

9 782013 074735